Ralf Neubohn

Banshee und die mysteriösen Schulmädchenmorde

Mit großer Schrift

Ralf Neubohn

Banshee und die mysteriösen Schulmädchenmorde

Mit großer Schrift

 tredition

Copyright © Ralf Neubohn 2024
Erste Auflage, 2024

Druck und Distribution im Auftrag des Autors:
tredition GmbH, Heinz-Beusen-Stieg 5, 22926 Ahrensburg, Germany

Print ISBN: 978-3-3841-1851-6
E-Book ISBN: 978-3-3841-1852-3

Dieses Buch ist allen Autoren gewidmet, die sich noch am Anfang ihres langen Weges befinden.

Inhalt

Vorwort

Im neuesten Band der Fantasy Krimi Reihe bekommt es Banshee mit äußerst mysteriösen Morden an Schulmädchen zu tun. Lange bleibt es ihr völlig unerklärlich, wie der Täter diese ermordete, da keinerlei Anzeichen von Gewaltanwendung oder Gift zu finden sind. Wird Banshee trotzdem diesen besonders geheimnisvollen Mörder zur Strecke bringen? Wie ermordete dieser die Mädchen bloß und warum?

Schulbeginn

In speziellen Internaten lernten magische Wesen nach erreichen der Volljährigkeit das Zaubern. Vorher brachte es ihnen niemand bei, da sie sonst ungewollt beim kindlichen Rumalbern damit großen Schaden anrichten konnten.

Für volljährige Mädchen gab es viele Schulen, um das Zaubern zu lernen, doch die meisten gingen in das magische Internat im Finsterklammwald, welches viele der bekanntesten Persönlichkeiten einst unterrichtete.

Zu Schulbeginn lernten sich dort zwei sehr unterschiedliche Mädchen kennen. Das blonde, sehr selbstbewusste Mädchen fragte das dunkelhaarige elanvoll: „Hallo! Auch neu hier? Wie heißt Du?"

Die Angesprochene knetete nervös ihre Hände und antwortete schüchtern: „Ich bin die – ähm – Elfe Ninvy. Meine Mutter hat mich nach der Königin benannt", fuhr sie errötend fort. „Und wer bist Du?"

„Mein Name ist Fannile. Ich gehöre zum fröhlichen, schwäbischen Feenvolk! Ehrlich gesagt bin ich froh, nicht nach einer der beiden Königinnen benannt zu sein. Das ist doch sicherlich sehr nervig!"

Unruhig mit den Füßen scharrend sprach Ninvy voller Inbrunst: „Du kannst Dir nicht vorstellen, wie sehr! Dauernd kommt jemand und sagt: ‚Richte Deiner Mutter der Königin Grüße von mir aus.' Wenn ich dann erklären will, dass ich nicht die Tochter der Königin bin, sagen die Leute bloß: ‚Aber warum willst Du ihr denn nicht meine Grüße ausrichten?' Sie nehmen es einfach nicht zur Kenntnis, dass ich nicht zum Königshaus gehöre.

Furchtbar anstrengend! Mittlerweile wäre ich gerne Prinzessin, nur um im Palast meine Ruhe von diesen nervigen Leuten zu haben!"

Mitfühlend nickte Fannile. Zum Glück trug sie selber keinen Namen aus dem Königshaus in Camelot.

Die Mitschülerinnen

Verlegen kichernd standen im Schulhof viele Mädchen, schlossen erste Bekanntschaften miteinander. Unsere beiden Freundinnen unterhielten sich ungestört weiter.

Begeistert rief Fannile: „Mal sehen, wie hier die Schule ist. Hoffentlich gibt es in der Mittagspause oft Spätzle oder Maultaschen zu essen! Unsere Mitschülerinnen versprechen gute Unterhaltung. Da ist ja alles dabei: Elfen, Feen, Magierinnen, Nixen, sogar Nymphen habe ich gesehen! Hier geht es kunterbunt zu."

Ängstlich erwiderte die Elfe Ninvy: „Ja, sogar Hexen sind mir schon begegnet. Wenn meine Mutter mit ihren royalen Neigungen das wüsste!", schloss sie abgrundtief seufzend.

Kichernd meinte die Fee Fannile: „Tja, es erwartet Dich aber noch Schlimmeres! Weißt Du nicht, dass unsere Klassenlehrerin die alte Sabberhexe Grimhilde Grimmig-Kreisch ist?"

Die arme Elfe erbleichte vor Schreck. Was kam da nur auf sie zu? Am liebsten wäre sie gleich wieder heimgefahren.

Der erste Unterricht

Im Klassenzimmer stellte sich die Klassenlehrerin vor: „Mein berühmter Name ist Grimmig-Kreisch. Sicherlich habt Ihr alle schon von mir gehört!"

Sämtliche Mädchen blickten sich gegenseitig völlig unwissend an, worauf ein nervöses Fußscharren und Räuspern erklang.

Die Lehrerin fuhr ungerührt fort: „Unsere Königinnen Kleckselinchen und Ninvy erhielten bei mir im Unterricht ihr großes Wissen. Ebenso wie deren Hofmagierin Mandy Merlin! Alle drei leiten heute im Schloss Camelot weise die Geschicke unseres glorreichen Landes! Da könnt Ihr sehen, wie weit es meine Schülerinnen bringen, wenn sie fleißig lernen!"

In diesem Augenblick erklang ein leises Kichern, weil einige der Mädchen schon viel von der Schussligkeit der genannten Elite Camelots durch Ralf Neubohns Fantasy Krimi Reihe und durch dessen Buch Reihe über den magischen Lama- und Alpakahof hörten.

Doch die Aufheiterung endete schnell, als Frau Grimmig-Kreisch einen Totenkopf nach den am lautesten kichernden Mädchen warf. „Wer aufsässig ist, endet genauso wie diese Schülerin hier!", rief sie und zeigte auf den am Boden liegenden Totenkopf.

Das war doch hoffentlich ein Witz von ihr oder nicht? Andererseits sah die alte Sabberhexe nicht gerade so aus, als hätte diese jemals in ihrem sehr langen Leben auch nur einen einzigen Witz gemacht. Oh, je! Die armen Mädchen!

Gespräche

Im Schlafsaal führten die beiden Mädchen aufgeregte Gespräche bis Mitternacht.

„Stell Dir vor", flüsterte die Elfe begeistert: „Unser veganes Essen liefert die berühmte Elfe Shirly Sherlocklinchen! Du weißt doch, die wo einst so eine große Detektivin war!"

„Ja, ich weiß", murmelte Fannile leise, um die anderen Mädchen nicht zu wecken. „Unser Hausmeister der Troll Rufus Rumpelfuss hat mir über deren veganen Hof alles erzählt. Da leben jetzt die ganzen Leute, die bei den zahlreichen Fantasy-Krimis Neubohns ermittelten. Scheinbar altern Detektive wegen der vielen Aufregungen schneller als andere magische Wesen. Auf Shirlys Hof verbringen König Arthur, sein ehemaliger Hofmagier Merlin und einige andere Detektive ihren Ruhestand."

Die Elfe meinte schüchtern errötend: „Wenn Kriminalfälle lösen einen so stark altern lässt, will ich nie einen lösen müssen!"

„Stimmt", gab die Fee ihr recht. „Andererseits sind wir auf diese Art die ganzen alten Männer losgeworden. Die leben nun in Ruhe auf dem veganen Hof, während ihre Töchter in Camelot regieren! Das ist doch herrlich!"

„Ja, aber so jung sind die auch nicht mehr", gab Ninvy zu bedenken. „Die könnten doch glatt unsere Mütter sein."

„Besser als die alten Großväter die bisher regierten. Was verstanden die denn schon von der jungen Generation!"

Essen

Die Speisen bereitete drei Mal am Tag der Troll Rufus Rumpelfuss in der Schulküche zu. Diese bestand noch zum größten Teil aus der ehemaligen Hexenküche einer besonders bösen Hexe, die einst ein entsprechendes Ende nahm. Zuerst wurde nach ihrem Tod das alte Hexenhaus als kleines Schulhaus verwendet, später zu einem großen Internat ausgebaut. Dies konnten sich die Finsterklammwaldbewohner leisten, weil durch Shirlys veganen Hof viele Steuergelder hereinkamen. Aber auch weil die dort lebende Sandy immer wieder durch ihre Zauberkugelnachrichten zu Spenden für die Schule aufrief. Sandy lebte zwar auch nach einem aufregenden Kriminalfall auf dem Hof in Rente, machte aber gelegentlich für alle Zauberkugelbesitzer noch Sondersendungen zu aufregenden Themen. Z.B. seinerzeit von König Arthurs Abdankung und der Krönung von Ninvy und Kleckselinchen zu Königinnen. Wobei sie freundlicherweise nicht über das Chaos bei den Krönungsfeierlichkeiten berichtete, welches die beiden Oberschussel aus der Lama- und Alpaka-Reihe anrichteten. In einem betrieblichen Führungszeugnis würde über die beiden stehen: „Sie waren bemüht." Jeder weiß, was das heißen soll!

Schulküche

Viele Schülerinnen wagten sich nicht in die Schulküche, denn dort spukte angeblich der Geist der im eigenen Backofen ermordeten Hexe umher. Aber auch im Speisesaal fehlten oft viele Mädchen. Spukte es dort etwas auch? Nein, den einzigen Rückenschauer, den es dort gab, bildete das sehr seltsame vegane Essen Shirlys. Es gab die allermerkwürdigsten Pflanzen zu essen. Als Hauptsponsorin der Schule bestand sie darauf, dass diese rein vegan war. Deshalb gab es im „Veganen Internat Finsterklammwald" niemals Fleisch oder Ähnliches. Da aber vor allem die jungen Hexen den fleischlichen Genüssen zuneigten, besuchten diese den Troll Rufus Rumpelfuss in dessen chaotischer Höhle. Angeblich, um sich dort von dem Fall erzählen zu lassen, den er laut seiner eigenen Aussage: „Ganz allein" löste, was ihm sowieso niemand glaubte. In Wahrheit erschienen beim Troll so viele Besucherinnen, weil er ständig für seine Gäste Werwolfsteaks, Drachenschnitzel oder Ähnliches servierte. Nebenbei erzählte er auch viel Interessantes vom Königshaus, welches ihm durch die Hofmagierin Mandy Merlin zufloss. Etwa, wie die Königin Kleckselinchen ihren Gemahl kennenlernte. Dieser gehörte skandalöserweise zu einer Artistengruppe, welche über die Jahrmärkte tingelte! Unfassbar! Welcher Verfall der Monarchie!

Der König

Der Troll erzählte: „Um ein Haar hätte es unseren König gar nicht gegeben! Denn als der jetzige König noch als Stepptänzer Stephen Stolperfuß durch die Lande tingelte, überfielen sie mitten im tiefsten Wald einmal räuberische Mörder. Stolperfuß und sein Freund der Seiltänzer Stürzab sahen schon ihr letztes Stündlein gekommen, als Banshee erschien und alle Räuber niedermachte." An dieser Stelle der Erzählung herrschte stets tiefstes Schweigen des Publikums. Allen Schülerinnen graute es vor der Todesfee! Doch der Troll sprach weiter: „Als die Artistengruppe noch unter Schock stehend in die nächste Stadt kam, verlief ihr Auftritt noch chaotischer als sonst. Doch gerade dies faszinierte unsere Königinnen Kleckselinchen und Ninvy, weil sie ja zu den vollkommen Oberschusseln gehörten. Ninvy sprach begeistert: ‚Ich werde den Seiltänzer Stürzab heiraten. Mit seinen vielen blauen Flecken und Beulen passt er gut zu mir. Außerdem habe ich dann den großen Vorteil, dass er mit nie meine Schussligkeit vorwerfen kann.' Aus demselben Grund ehelichte Kleckselinchen den Stepptänzer Stolperfuß. Und wenn die vier nicht gestorben sind, so stolpern sie noch heute." Es klang für die Schülerinnen wie ein schönes Märchen mit Happy End. Und dies war es auch.

Strafe

Die schlimmsten Strafen im Internat bildeten Küchendienst in der vom Spuk heimgesuchten Küche und Arbeiten im Hühnerstall, wo einst ihre Mitschülerin Nicki an die Wand genagelt wurde, weil… Ach, dass würde hier zu weit führen, die geneigten Leser/innen mögen es bei Interesse lieber selber im Buch: „Merlin, Banshee und der geheimnisvolle Henker" nachlesen. Aus Angst an einen dieser gefährlichen Orte zu müssen, blieben die Mädchen im Unterricht stets aufmerksam. Mit den Ausnahmen der Kampfelfe Kim Kasperfaust, der Hexe Frieda Finsterling und der Magierin Andrea Ahnungslos. Unartige Schülerinnen lebten gefährlich in magischen Internaten! Wegen Unaufmerksamkeit im Unterricht musste die Kampfelfe Kim Kasperfaust den Hühnerstall reinigen. Doch statt dies zu tun, übte Kim lieber magischen Nahkampf, vor allem Zauberstabbajonett-angriff. Offensichtlich lagen bei diesem ihre Fähigkeiten noch nicht so weit wie gedacht, da sie das Opfer eines geheimnisvollen Mörders wurde. Wie kam dieser unbemerkt auf das Schulgelände? Warum ermordete er ausgerechnet die Kampfelfe? Vor allem wie? Tot lag die Kampfelfe da, ohne sichtbare Verletzungen! Der herbeigeeilte Gerichtsmediziner Gorilla Gerichtsarzt konnte weder Gewalteinwirkung noch Vergiftungserscheinungen feststellen.

Große Begeisterung

Fannile jubelte: „Super! Los Ninvy! Lass uns auf den Spuren der Superdetektivin Shirly Sherlocklinchen wandeln! Den Fall werden wir zwei locker lösen!"

Ninvy meinte dazu nur äußerst besorgt: „Wer eine Kampffelfe besiegt, muss ein ziemlich harter Brocken sein. Wir sollten uns bei den Ermittlungen lieber von Rufus Rumpelfuss helfen lassen. Trolle sind harte Kämpfer."

„Pah!", entgegnete Fannile verächtlich. „Ich glaube nicht, dass er damals tatsächlich den Fall mit dem toten Werwolf gelöst hat, dies wird in Wirklichkeit Shirly gewesen sein! Uns magischen Supergirls kann niemand was vormachen. Komm schon!"

Ninvy ließ sich widerstrebend zu den Ermittlungen überreden, blieb aber stets ängstlich in der Nähe der selbstbewussten Fee. Zuerst besichtigten sie den Tatort, fanden dort aber keinerlei Spuren. Auch der magische Fingerabdruck blieb erfolglos.

Hilflos flüsterte Ninvy: „Wir haben keine Chance etwas herauszubekommen, lass uns aufgeben!"

Fannile rief elanvoll: „Aufgeben? Wir schwäbischen Feen kennen das Wort gar nicht. Am besten verhören wir die anderen, ob die irgendwas wissen. Kann ja sein, Kim erzählte vor ihrem Tod noch jemanden etwas Interessantes. Seltsame Wanderer im Wald oder so."

Ninvy hauchte: „Hier im Finsterklammwald sind alle Lebewesen sehr seltsam. Das ist eines der großen Probleme. Hier fallen selbst die allergruusligsten Leute nicht auf."

Verhöre

Doch die Verhöre blieben extrem erfolglos. Die einen Mädchen kicherten nur aufgeregt, die anderen wollten viel zu viel gesehen haben. Angefangen vom Yeti, der durch die Wälder eilte, bis hin zu riesigen Seeschlangen, welche durch die Wälder krochen.

Ninvy schlug ängstlich vor: „Wir sollten es doch lieber sein lassen, vielleicht stimmen diese Geschichten ja doch!"

Fannile zischte ärgerlich: „Ach, was! Das ist doch alles albernes Geschwätz! Zwei echte Detektivinnen wie wir glauben solchen unzuverlässigen Zeuginnen kein Wort! Nun, dann müssen wir das Sheriffpferd eben andersrum aufsatteln. Gehen wir auf die Suche nach dem Motiv. Wie wäre es mit einem verrückten Massenmörder?"

Die Elfe wurde kreidebleich: „Um des Elfengottes willen, das darf auf keinen Fall die Lösung sein!"

„Warum nicht?", wollte Fannile wissen.

„Weil es sonst noch viele Opfer geben würde!"

Locker entgegnete die Fee: „In Krimis gibt es aber immer viele Opfer. Warum sollte es im echten Leben anders sein? Pass nur gut auf, dass Du nicht das nächste Opfer bist!"

Das hätte Fannile nicht sagen sollen. Ohnmächtig kippte die Elfe um. Elfen sind sehr zart.

Das nächste Opfer

Doch die nächste Tote hieß nicht Ninvy., sondern Frieda Finsterling. Als sie zur Strafe in der Schulküche arbeiten musste, endete die junge Hexe wie die frühere Hausbewohnerin im Backofen. Mit einem Apfel im Mund und Maronifüllung. Gehörte der Täter zu den Menschenfressern? Wollte er einfach nur neue kannibalische Gourmettipps testen? Die Fee Fannile Zauberstäbchen und ihre Mitschülerin Ninvy Elanvoll standen vor einem Rätsel. Die beiden Toten verband nichts miteinander. Der Täter konnte kein Hexenjäger sein, da ja Kim zu den Kampfelfen gehörte. Andererseits schied auch ein Elfenfeind aus, wegen der Hexe Frieda.

„Schade, dass niemand unsere Klassenlehrerin getötet hat.", meinte Fannile tief bedauernd. „Die ist eine echte Hexe."

„Stimmt", gab ihr Ninvy schaudernd recht. „Vielleicht sollten wir den örtlichen Hexenjäger auf sie aufmerksam machen", beendete sie gedankenvoll das Thema.

Doch wie auch immer: Wo lag nur das Motiv?

Motive?

Die beiden Mädchen besprachen noch häufig die möglichen Motive. Wollte jemand durch wahllose Morde die Schule an sich schädigen? Sollten sie indirekt eine Rache an ihrer Lehrerin sein? Dieser gar eine schmachvolle Entlassung bringen? Vielleicht lag das Ziel darin, dass alle Eltern ihre Töchter abholten und die Privatschule pleite ging? Wenn ja, warum? Rache einer ehemaligen Schülerin? Konkurrenten, welche die Schule billig übernehmen wollten? War der Mörder nur ein verrückter Einzeltäter? Oder steckte eine Verschwörung dahinter? Wer könnte in diesem Fall an der Verschwörung beteiligt sein? Eine der aktuellen Mitschülerinnen? Der Troll? Eine geheimnisvolle Gestalt im Dunkeln? Ging vom Haus selber das Böse aus? Hier geschahen ja schon vorher viele grausige Morde. Waren diese vielleicht rituelle Opfer? Es gab noch eine andere Möglichkeit: Hasste der Täter ganz einfach Schülerinnen? Dann gehörten die beiden Mädchen auch zum Kreis der gefährdeten Personen, genauso wie Andrea Ahnungslos und zahlreiche andere.

Andrea

Andrea Ahnungslos die Magierin meinte ganz locker: „Was soll's? Was geht es Euch an, wenn die beiden so blöd sind sich töten zu lassen? Mir ist das egal, an mächtige Magierinnen wagt sich keiner ran."

Fannile grinste ironisch: „Ach, ja? Das erste Opfer hätte sicherlich gesagt: ‚An mächtige Kampfelfen wagt sich keiner.' Nun, Du bist gewarnt! Pass also bloß auf, dass Du nicht zur Strafarbeit in die Küche oder den Stall musst! Und wenn doch: Nimm den Troll als Schutz mit."

„Pah! Schutz! Magierinnen wie ich brauchen keinen Schutz! Und schon gar nicht von blöden Trollen!"

Eine Weile später sagte Fannile zu ihrer Freundin: „So, da haben wir das nächste Opfer, das sich dem Täter freiwillig auf dem Präsentierteller darbietet."

Ninvy schluchzte auf: „Glaubst Du wirklich, dass sie die Nächste ist?"

„Klar. Wer sonst? Früher oder später gibt es für Andrea Strafarbeit und dann…"

Die Fee sprach den Satz nicht zu Ende. Das war auch nicht nötig, die Elfe verstand ihn auch so.

Der Täter

Im Hühnerstall fegte die äußerst erboste Andrea den Dreck zusammen. Wie konnte sie nur so dumm sein, sich im Unterricht beim Abschreiben ertappen zu lassen?

Hinter ihr erklang ein Geräusch. Die Magierin drehte sich um und erstarrte buchstäblich. Denn dies ist die Wirkung eines Basilisken Blickes. Wieder starb ein Schulmädchen durch den Basilisken. Woher kam er? Warum ermordete er hier die Schülerinnen?

Doch dieses Mal geschah etwas Unvorgesehenes: Aus dem Geräteschrank erschienen unsere beiden Detektivinnen und schrien fröhlich: „Auf frischer Tat ertappt! Na, wie war unsere Falle?"

Dabei sahen sie am Täter vorbei, um nicht in die Macht seines tödlichen Blickes zu kommen. Glücklicherweise sahen sie, wie der Mörder Andrea mit seinem magischen Blick tötete. Ohne diese Vorwarnung wären die beiden die nächsten Opfer gewesen. Doch an eines hatten sie nicht gedacht: Der Basilisk zwang unsere Heldinnen, durch starke Magie ihr Gesicht langsam aber sicher ihm zu zudrehen. Nicht mehr lange reichte ihre Widerstandskraft. Und dann war es aus mit ihnen!

Die Wahrheit

In höchster Not schrie die Elfe Ninvy: „Mami!"
Der Böse lachte verächtlich: „Die siehst Du nie wieder!"
Doch mit einem lauten „Plopp!" erschien die Todesfee Banshee ihrer Tochter zur Hilfe. Über den extrem harten Kampf brauchen wir an dieser Stelle nicht näher eingehen. Auch nicht über das erleichterte Schluchzen danach von Ninvy an ihrer Mutters Seite.
Nach einer Weile räusperte sich die Fee Fannile befangen: „Mami? Ich dachte, Du seist eine Elfe?"
Noch leise schniefend erklärte Ninvy: „Na, ja. Was hättest Du an meiner Stelle getan? Allen Mitschülerinnen gesagt, dass Du die Tochter der Todesfee bist?"
Banshee mischte sich ein: „Hm? Was ist denn mit Dir Fannile? Du hast doch auch nicht die Wahrheit gesagt. Meine Tochter schrieb mir, Du seist eine Fee. Aber ich sehe die Ähnlichkeit von Dir und Deiner Mutter. Unserer Königin in Camelot. Der Hexe Kleckselinchen."
Seufzend gab Fannile zu: „Stimmt. Und ich habe eine ähnliche Begründung wie Ninvy. Soll ich denn allen Mitschülerinnen sagen, dass ich die Königstochter bin? Alle hätten mich doch für eine Angeberin gehalten!"

Das Leben geht weiter

Noch einige Tage später kicherten die anderen Schülerinnen verlegen, wenn unsere Heldinnen in ihrer Nähe auf-
tauchten. Der Troll schnitt für die beiden in seiner Höhle
die zartesten Fleischstücke vom Wild ab und schnitt gleichzeitig auf mit den Geschichten über seine eigenen
Abenteuer. Damals als…
Wie junge Leute so sind, dachten diese nur: *„Ja, aber
damals ist schon lange her, wen interessiert es heute
noch?"*
Unsere Heldinnen gelang es mit Müh und Not den tat-
sächlichen Ablauf der Ereignisse etwas geändert dar-
zustellen, um ihrer beider wahrer Herkunft zu ver-
heimlichen. Ihre Versionen über den Tod des Basilisken
zeigte viele Lücken. Seltsamerweise hakte Frau Grimhilde
Grimmig-Kreisch nicht nach. Neid? Oder steckte die
Lehrerin hinter der ganzen Sache? Denn allen wurde es
immer klarer: Was wollte der Basilisk in ihrer Schule?
Das Rätsel bestand fort. Doch tauchte ebenfalls die Frage
auf: War mit dem Tod des Mörders der Fall erledigt? Oder
stand schon ein neuer Täter hinter den Kulissen bereit?
Wenn ja: Warum? Um was ging es hier eigentlich wirklich?

Beachtenswert

Da die Leser im Gegensatz zu den Mitschülerinnen nun wissen, dass die angebliche Fee Fannile in Wirklichkeit eine Hexe ist, werden wir diese heimlich unter uns auch so nennen. Genauso wie die angebliche Elfe Ninvy nun richtigerweise Fee genannt wird. Die beiden Mädchen versuchten weiterhin herauszufinden, warum der Basilisk in der Schule erschien. Doch dies taten sie im geheimen, um keine eventuellen Mitverschwörer zu warnen. Denn unsere Heldinnen glaubten keineswegs wie die anderen an die Einzeltätertheorie. „Da steckt noch etwas ganz anderes dahinter", lautete ihr Standardsatz. Ja, aber was? Ihre Nachforschungen betrieben sie nicht nur in der Schule, sondern auch in der näheren Umgebung. In Hütten, Bäumen, Höhlen und Gebüschen lebten viele magische Wesen, die vielleicht zur Aufklärung des Falles beitragen konnten. Diese zahlreichen versteckten Ohren und Augen konnten leicht Zeuge der geheimnisvollen Ereignisse geworden sein.

Schulalltag

Die anderen Mädchen neckten Ninvy häufig: „Hallo Prinzessin!" oder mit „Euer Hoheit!" Das amüsierte die beiden Freundinnen sehr. Denn Fannile, die echte Prinzessin, beachteten die anderen kaum. Oft blitzte der Schalk in den Augen der Hexe auf: „Wenn Ihr wüsstet!" Aufgrund der Morde kündigte eine der Lehrerinnen. Leider blieb aber Frau Grimmig-Kreisch der Schule erhalten, was alle sehr bedauerten. Selbst die Töchter der üblen Moorhexen stöhnten über diese Lehrerin sehr. Die neue Lehrerin hieß Martha Mathe-Tick, fiel im Unterricht aber nicht besonders auf. Sie lag als Lehrerin im Mittelfeld. Weder so unduldsam wie Grimmig-Kreisch, noch so langweilig wie viele Junglehrerinnen.

Eines Tages flüsterte Ninvy: „Pass nur auf Dich auf Fannile! Nicht, dass Du eines Tages entführt wirst. Du weißt ja, Kidnapper schnappen sich gerne Kinder von Hoheiten!"

Die Hexe erwiderte schnippisch: „Pass lieber selber auf! Dich halten ja alle für eine Königstochter!"

Grinsend entgegnete die Fee: „Oh, wenn jemand mich entführt, wird er es schnell bereuen, wenn meine Mutter zornentbrannt erscheint. Dann fliegen im wörtlichen Sinn die Fetzen!"

Freundinnen

Die beiden befreundeten sich mit der Fee Martina, der Moorhexe Blubberschreck und der Besenhexe Bessie. Sie durchstreiften zusammen den Wald, sammelten Früchte für schöne Picknicks. Dabei lästerten die Mädchen auch kräftig über ihre Lehrerinnen.

Fannile gab zu bedenken: „An Eurer Stelle würde ich nichts gegen Grimmig-Kreisch sagen, sonst gibt es früher oder später Strafarbeiten in der Todesküche oder im mörderischen Hühnerstall."

Im Schatten eines Baumes lauschte die neue Lehrerin dem Gespräch. Dabei dachte sie grimmig: „An Eurer Stelle würde ich über keine einzige Lehrerin herziehen! Sowas rächt sich immer!" Zufällig blickte die Lehrerin auf eine große Schlange, welche sich in Richtung der Mädchen schlich. Dann entdeckte sie verblüfft: „Das ist keine Schlange, sondern ein ellengroßes Ohr! Von wem das wohl ist?" Der magische Fingerabdruck ergab: das Ohr der neugierigen Lauscherin gehörte Grimhilde Grimmig-Kreisch, was eigentlich keine Überraschung darstellte. Warum schlich die alte Sabberhexe durch den Wald? Reine Neugier? Düstere Pläne?

Gealber

Äußerst mädchenhaft plauderten und alberten die Mädchen miteinander. Wenn sie sich gegenseitig neckten oder von Stars wie der Zauberkugelmoderatorin Sandy schwärmten, hätte niemand die Clique für Hexen, Elfen und Feen gehalten. Zwar noch sehr junge, aber dennoch volljährige magische Wesen.

Auf gutmütige Art neckten alle am liebsten die schüchterne Ninvy, die stets dabei verlegen rot anlief.

„Also Prinzessin Ninvy, was machst Du als Erstes, wenn du Königin bist? Schulen verbieten? Grimmig-Kreisch den Drachen zum Fraß vorwerfen lassen oder nur in Gold baden?"
Nervös knetete Ninvy ihre Hände, als ihr Fannile zur Hilfe eilte: „So vorlauten Gören wie Euch wird lebenslanger Privatunterricht bei Grimmig-Kreisch verhängt, auf dass Ihr eines sehr fernen Tages benehmen lernt. Aber Schulunterricht ist bei so albernen Gänsen wie Euch sowieso völlig sinnlos."

„Hi, hi, hi!", kicherten alle wenig reumütig.
„Ähm…" lautete der einzige Kommentar Ninvys.
Banshee hatte ihrer Tochter wirklich einen passenden Namen gegeben. An Scheuheit glich sie ihrer Namensvetterin völlig.

Gesangsunterricht

Bei der Lehrerin Dudlidu lernten alle Schülerinnen internationale Fee- und Hexenlieder. Vor allem die Moorhexe Blubberschreck und die Besenhexe Bessie fielen dabei durch ihre schrillen Stimmen auf. Frau Dudlidu seufzte immer wieder äußerst betreten: „Oh, Ihr hoffnungslosen Krähen!"

Doch die beiden Hexen erwiderten nur: „Wir Hexen sind halt so!" Ohne es auszusprechen dachten beide: „Die Dudlidu sollte mal mit der Oberkrähe Grimmig-Kreisch über schrille Stimmen reden!" Bei diesen Gedankengang kicherten die beiden Hexen still in sich hinein.

Es muss leider gesagt werden, dass die internationalen Lieder sich so ähnelten, dass der Verdacht aufkam: „Die Dudlidu kann in Wirklichkeit keine Fremdsprachen!" Ihr Lieblingslied lautete auf schweizerisch: „Das Hexle". Französisch sang die Lehrerin: „Le Hexe" und auf schwäbisch: „Des Hexle".

Fannile meinte dazu ironisch: „Das ist so original schwäbisch wie die Löcher in meinen Strümpfen."

Gespräche

Shirly Sherlocklinchen berichtete der Mädchengruppe viel von ihren Abenteuern, wenn diese ihren veganen Hof besuchten. Es ist doch etwas anderes Kriminalfälle oder die Geschichte des eigenen Landes lebendig von einem Augenzeugen erzählt zu bekommen, statt diese aus langweiligen Schulbüchern kennen zu lernen. Zumal Zeitzeugen wie Shirly auch viele Fragen beantworteten, wenn die Mädels etwas nicht richtig verstanden. Allerdings muss dazu gesagt werden, dass durchaus nicht alle es aus der gleichen Sicht sahen. Die Moorhexe sympathisierte ganz offen mit den gräulichen Taten ihrer zahlreichen mörderischen Vorfahren. Fannile und Ninvy kannten manche andere Ereignisse aus den Mündern ihrer jeweiligen Mütter ganz anders. Wer wohl recht hatte? Wahrheit ist offensichtlich ein sehr dehnbarer Begriff. Zumal, wenn die Mädchen nach dem Besuch noch beim Troll Rufus Rumpelfuss reinschauten. Auch dieser stellte einige Ereignisse ganz anders dar. Dies verwirrte die Besucherinnen stets aufs Neue. Wer sagte wohl die Wahrheit? Shirly? Rufus? Die Mütter? Die Schulbücher? Oder die Lehrerinnen?

Unterricht

Im Geschichtsunterricht bei Martha Mathe-Tick kam es auch deshalb häufig zu Diskussionen, bei denen sich vor allem die Moorhexe hervortat. Moorhexen gehörten zu keiner Zeit zu den eher friedlichen Lebewesen! Allerdings bereute sie es regelmäßig, da Mathe-Tick sie kräftig mit einem extra dicken Zauberstab verprügelte. In magischen Schulen geht es doch heftig zur Sache! Aber lieber verprügelt werden, als in die tödlichen Orte Küche oder Hühnerstall geschickt werden, was Grimmig-Kreisch weiterhin tat. Seit den Morden zitterten alle Mädchen die Knie, wenn sie zur Strafe dort arbeiten mussten! In letzter Zeit ging es immer glimpflich aus. Doch wer wusste schon, ab wann dort wieder ein Mörder zuschlug? Die Moorhexe stellte sich stets furchtlos dar, während die anderen sich fragten: „Hat sie nicht heimlich doch Angst?" Ninvy hingegen zitterte schon allein beim Gedanken daran an einen der schrecklichen Orte zu müssen, was sie auch ehrlich zugab. Kleckselinchens Tochter Fannile gehörte eher zu den abenteuerlustigen Mädchen, welche die Spannung liebten. Bald gab es mehr als genug Spannung!

Lagerfeuer

In dem veganen Internat gab es stets nur Obst und Gemüse zu essen, weswegen viele Mädchen häufig den Troll besuchten. Dort gab es immer Fleisch in allen Varianten zu essen. Manche Mädchen fingen sich im Wald auch selber Beutetiere, welche dann dort an einem Lagerfeuer gebraten wurden. Wanderhexen entdeckten eines Tages die auf einem Fleischspieß über dem Feuer bratende Moorhexe. Jede Hilfe kam zu spät. Der magische Fingerabdruck funktionierte aufgrund der Feuerhitze auch nicht. Es gab also keine Möglichkeit den Täter zu ermitteln.

Fannile sprach belehrend zu Ninvy: „Mathe-Tick ist ganz sicher die Täterin!"

Doch Ninvy lenkte nicht ein. „Ich tippe auf Shirly, weil die Moorhexe ihr ständig widersprach und außerdem sich offen weigerte vegan zu leben."

Nach langen Diskussionen beschlossen sie, lieber Grimmig-Kreisch zu verdächtigen.

So eine Tat lag im Charakter einer fiesen, alten Sabberhexe.

Wieder Verhöre

Bei den Verhören der Waldbewohner ergab es sich, dass Mathe-Tick häufig einsam durch die Wälder streifte, ohne sich Beutetiere zu fangen. Höchst verdächtig! Was machte eine Lehrerin allein im Wald? Die Fee Martina, die Besenhexe Bessie und unsere Freundinnen schlichen ihr nun immer nach, um sie auf frischer Tat zu ertappen. Doch dies erwies sich als gar nicht so einfach, schließlich mussten sie Hausaufgaben machen, auf Tests lernen, weitere Zeugen verhören und Ähnliches.

Da die Mädchen nun zu viert ermittelten, gelang es aber meistens. Eines der Mädchen hatte fast immer Zeit, die verdächtige Lehrerin zu verfolgen.

Ninvy fragte eines Tages die anderen: „Was ist, wenn sie nur zu einem heimlichen Rendezvous mit einem Freund in den Wald geht? Oder doch wie alle nur ein bisschen wildert?"

Fannile hielt von diesen Theorien nichts. „Bei allen Verhören im Wald hörte ich nicht das Geringste über einen jungen Mann, der hier in der Nähe gesehen wurde! Ich habe sicherlich recht: Sie ist die Täterin!"

Die Besenhexe

Eines Tages verfolgte Bessie die Lehrerin tief in den Wald. Irgendwo zwischen dunklen Sträuchern verlor sie Mathe-Tick aus den Augen. Hinter ihr erklang ein Rascheln, doch ihr Hilferuf kam zu spät. Die Besenhexe machte Bekanntschaft mit dem Dolch des Täters. Dem Dolch der Lehrerin? Oder…? In einem magischen Wald leben viele gefährliche Lebewesen. Selbst für Besenhexen ist es keine gute Idee, allein jemanden dort zu verfolgen. Der von Schrumpelzwergen herbeigeholte Gorilla Gerichtsarzt konnte wieder keine zuverlässigen Spuren des Mörders feststellen, da dieser seinen Dolch für weitere Taten mitnahm. Sollte aus Sicherheitsgründen die Schule geschlossen werden? Aber vielleicht wollte der Täter ja genau das! Warum ihm also den Gefallen tun? In der Schule flüsterten fast alle Mädchen nur noch. Fast niemand kicherte mehr. Die Angst lag allen auf der Seele, sofern sie eine hatten.

Fee Martina

Die Fee Martina aß im gemeinsamen Schlafraum mit unseren beiden Heldinnen Gemüse.

„Bäh! Schon wieder Karotte!", murrte die keineswegs vegane Fannile.

Mit ihrem Messer schnitt Martina die Karotte weiterhin in kleine Stücke. „Was sollen wir sonst machen? Im Wald wildern gehen ist zu riskant!" Da fiel ihr der zutiefst geschockte Blick Ninvys auf.

„Da ist Blut an Deinem Messer! Du bist die Mörderin! Aber warum? Was haben wir Dir denn getan?"

In diesem Augenblick verwandelte sich die Fee Martina in ihre echte Gestalt zurück! Die sehr böse Fee Morgana! Die beiden Mädchen besaßen nicht die geringste Chance gegen sie. Die extrem böse Fee kicherte: „Weil ich diese Schule schon immer gehasst habe bin ich wieder her gekommen, um mich an ihr zu rächen! Und Eure beiden Mütter kamen mir im späteren Leben auch oft in die Quere! Deswegen wollte ich Euch innerhalb einer Mordserie töten. Bei Eurem Tod würde dann niemand auf persönliche Gründe kommen, sondern es einfach als weitere Morde einer Serie sehen. Aber es kam mir in Wirklichkeit nur auf Euren Tod an und die Rache an der Schule an sich! Der Basilisk, den ich rief, scheiterte leider. Aber ich nicht!" Genüsslich schritt sie auf die beiden zu, das Messer fest in der Hand.

Das grausige Ende

Doch die böse Fee täuschte sich. Aus einem Kleiderschrank kam die Lehrerin Martha Mathe-Tick.

Verächtlich lachte Morgana: „Dich mach ich gleich auch noch nieder!" Doch ihre Kollegin verwandelte sich in ihre echte Gestalt zurück: Banshee!

„Närrin! Wenn hier jemand gleich stirbt, dann Du! Ich habe Dich schon lange heimlich verfolgt. Dich und die vielen Bösen, die Du im Wald trafst."

Ausgerechnet in diesen Augenblick kam Grimmig-Kreisch ebenfalls ins Zimmer! Auf wessen Seite würde sie sich wohl stellen? Ihr Eingreifen in den Kampf würde diesen vermutlich entscheiden. Doch wem verhalf sie zum Sieg? Die Mädchen zitterten vor Angst! Grimmig-Kreisch schrie hasserfüllt: „Aha! Morgana! Dachte ich es mir doch! Jetzt kannst Du in die ewigen Feengründe eingehen! Wer sich an meinen Schülerinnen vergreift, der ist des verdienten Todes!" Mit vereinter Kraft gelang es unter großen Mühen, Morgana zu vernichten. Verblüfft starrten die Schülerinnen Grimmig-Kreisch an. Diese erklärte schmunzelnd: „Ich bin zwar böse, aber so böse auch wieder nicht, wie Ihr alle denkt! Ich tue oft nur so, damit die wilden, äußerst schwer erziehbaren magischen Wesen Respekt vor mir haben! Denkt mal an die vielen Hexen! Und häufig haben wir hier auch Werwölfe, Vampire und Ähnliches als Schülerinnen. Die kriegt niemand so leicht in den Griff! Von bösen Feen mal ganz abgesehen."

„Aber der Totenkopf!", wisperte Ninvy.

„Der ist nicht echt", kicherte die alte Sabberhexe.

Medienrummel

Unsere vier Heldinnen überlegten nun, wie es weitergehen sollte. Denn wenn sie die wahre Geschichte erzählten, wusste dann ja jeder von den Geheimnissen der beiden Mädchen. Selbst die Anwesenheit von Banshee fiel deshalb unter den Tisch. Alle Lebewesen würden sich sonst sofort fragen: „Wieso rettet Banshee zum zweiten Mal Schulmädchen? Warum ist sie so oft in diesem Internat im Einsatz? Es gibt schließlich überall laufend andere Mordfälle!"

So gab Grimhilde Grimmig-Kreisch auf Anfragen der internationalen Magie Presse folgendes Interview: „Als besonders mächtige Hexe spürte ich stets die Anwesenheit des Bösen! Dies ließ mir als berühmter Detektivhexe keine Ruhe und ich ermittelte zusammen mit Fannile und Ninvy. Zum Schluss stellten wir die böse Fee Morgana, welche aus Hass auf Schulen die Morde beging. Superhexen wie ich können natürlich problemlos böse Feen wie Morgana töten. Da ich an diesem Tag aber an Magie Allergie litt, wirkten meine Zaubersprüche etwas verschnupft. Deshalb entfalteten diese nicht die volle Wirkung. Da ich, als extrem gute Lehrerin Fannile und Ninvy allermächtigste Magie beibrachte, sorgten die beiden für den Sieg fürs Gute. Morgana hatte keine Chance gegen uns drei."

Weitere dicke Medien-Enten

Für Besitzer von Zauberkristallen verbreitete der Troll Rufus Rumpelfuss die Nachricht, wie er ganz alleine – wie immer – den Fall löste. Der Moderator der Kristall-nachrichtensendung baute ihn zum Star auf, um gegen die News von Sandys Zauberkugelnachrichten mithalten zu können. Diese berichtete live in allen magischen Zauber-kugelstuben vom Empfang der drei Heldinnen auf Schloss Camelot. Königin Kleckselinchen wollte ihnen aus An-erkennung etwas entgegen gehen, stolperte aber über ihren eigenen Kleidersaum. Fannile rief bestürzt: „Oh, Ma - ähm – Majestät!" Als sich die Monarchin wieder berappelt hatte, verlieh sie zusammen mit Königin Ninvy den dreien den Titel Lady. Fannile und ihre Freundin hießen nun Ladys vom Finsterklammwald. Die Lehrerin erhielt den besonderen Ehrentitel: Lady vom Bösen Feen Tod. Da alle magischen Wesen gleichzeitig die Live-sendung in ihren Zauberkugeln schauten, kam es fast zum totalen Magieausfall. Die Zuschauerreaktionen reichten von Begeisterung bis hin zu großer Skepsis. Die Meister-dektivin Shirly Sherlocklinchen, der Magier Merlin, dessen Tochter Mandy sagten alle voller Vorbehalt: „Na, na!" Sie glaubten weder der Version von Grimmig-Kreisch, noch der von Rufus. Erfahrene Detektive konnte eben niemand täuschen!

Vorfreude

Freudig rief später Fannile voller Begeisterung: „War das spannend! Hoffentlich passiert bald wieder etwas Aufregendes!"

Schüchtern warf Ninvy ein: „Lieber nicht! Wir hatten Glück, dass meine Mutter nicht gerade woanders nach dem Rechten sah, sonst wäre es uns schlecht ergangen."

Doch Fannile ließ sich davon nicht beirren: „Ach, was! Bald werden wir beide in die Fußstapfen unserer Mütter treten und dann wird es auch über uns beide viele spannende Bücher geben. Warte es nur ab!"

Ninvy blickte ihre Freundin ängstlich an: „Genau das befürchte ich ja! Vermutlich werden die Krimis jedes Mal schwerer zu lösen und immer grusliger!"

Beide sollten auf Dauer Recht behalten!

Konsequenzen

Eines Tages rief bei den betreuten Hausaufgaben ein Mädchen: „Ninvy? Kannst Du mir bitte Deinen Radiergummi leihen?"

Frau Grimmig-Kreisch wies die betreffende Schülerin sehr streng zurecht: „Hast Du denn im Unterricht nichts gelernt? Willst Du in Benimmfragen Privatunterricht bei mir bekommen?"

Völlig verblüfft starrte das Mädchen die Lehrerin an. „Was habe ich denn falsch gemacht?", erkundigte sie sich ängstlich flüsternd.

„Das weißt Du nicht?", regte sich Grimmig-Kreisch auf. „Hast Du nicht mitbekommen, dass wir drei für unsere Verdienste geadelt wurden? Unsere korrekte Ansprache-form ist jetzt also: Lady Ninvy, Lady Fannile und Lady Grimmig-Kreisch. Merk Dir das!"

Betreten nuschelte die Schülerin: „Entschuldigung Lady – ähm – Grimmig-Kreisch. Tut mir echt leid."

Den beiden Heldinnen passte dies alles zwar nicht, aber in Monarchien geht es eben so zu. Als Frau Dudlidu ihnen auch noch Hofetikette beibrachte, bereuten sie es sehr, die Fälle gelöst zu haben. Dieser royale Trubel war schlimmer, als Strafarbeiten schreiben zu müssen oder nachzusitzen. Andererseits erleichterten die Titel auch vieles im Alltag, selbst mürrische Grummelgnome benahmen sich ihnen gegenüber relativ human. Zumindest für deren Verhältnisse.

Weiterer Sonderunterricht

Wochen später bat Tusnelda Tunichtgut Lady Grimmig-Kreisch: „Wir lieben alle veganes Essen so sehr! Aber wir möchten auch so gerne mehr darüber wissen. Wie es angebaut wird, welche Nährstoffe es enthält und wie es zubereitet wird. Darum wollten wir höflich bitten, uns von Shirly Sonderunterricht erteilen zu lassen. Denn die weiß ja alles darüber."

Die Lehrerin wunderte sich sehr über den Lerneifer. Zumal ihr durchaus viele der Hexen nicht besonders vegan lebend vorkamen. Sie hegte den starken Verdacht, dass viele Schülerinnen heimlich außerhalb der Schule Fleisch aßen. Aber anderseits musste natürlich der Lerneifer belohnt werden! „Ich erlaube Euch, dass Ihr in Eurer Freizeit alles über vegane Ernährung lernt. Ich werde Shirly bitten, zwei Mal in der Woche nach dem regulären Unterricht vorbeizukommen. Bitte teile allen Deinen Mitschülerinnen mit, dass ich mich sehr über Euren Eifer freue."

Strahlend ging Tusnelda Tunichtgut aus dem Lehrerzimmer. Wenn Lady Grimmig-Kreisch den Gesichtsausdruck richtig gedeutet hätte, wäre ihr aufgefallen: Er war nicht nur freudig, sondern auch sehr ironisch. So einer der zufriedenen Art: „Ha! Sie ist darauf reingefallen!" Was steckte dahinter? Ein Streich?

Der neue Unterricht beginnt

Selbst die faulsten und unfähigsten Schülerinnen meldeten sich freiwillig zum Unterricht bei Shirly. Daher musste dieser in die Sporthalle verlegt werden, weil nur dort so viele Mädchen hineinpassten. Stolzgeschwellt sah Lady Grimmig-Kreisch ihre Schülerinnen voller Begeisterung zum Unterricht gehen. Zweifellos lag es nur daran, dass sie von der Königin für ihre Verdienste geadelt wurde. Schulmädchen brauchen eben große Vorbilder wie sie selber. Solche Gedanken schossen ihr nicht selten durch den Kopf. Shirly bereute es öfters allen Schülerinnen Unterricht zu geben. Deren großer Eifer ersetzte nicht die Einfalt und Schussligkeit vieler. „Anne Anhalterlinchen! Popel nicht im Unterricht in Deiner warzigen Nase!"

„Entschuldigung", gab die Angesprochene errötend zurück.

Sie gehörte zu den Hexen, was deren schlechtes Verhalten etwas entschuldigte. Elfen und Feen waren meistens erheblich besser erzogen. Gedankenverloren stocherte Anne nun mit dem Zauberstab in ihrer Nase, worauf diese sich in einen wild um sich schlagenden Rüssel verwandelte.

Den lauten Lärm hörte Grimmig-Kreisch voller Freude „Aha! Shirly haut tüchtig auf den Tisch. So gehört es sich!"

Leider war es nicht Shirly, sondern Annes Rüssel.

Probleme

Shirly meinte tröstend zu Anne: „Mach Dir einfach nichts draus! Du siehst eigentlich aus wie immer. Davon abgesehen ist so ein Rüssel sehr nützlich. Wir lassen es also lieber so, wie es ist. Wer weiß schon was sonst noch passiert, wenn wir die Nase zurückverwandeln wollen?"

Laut weinend flehte Anne um Gnade. Frau Grimmig-Kreisch hörte von draußen diese Gnadenrufe voller Zustimmung. „Eine tolle Lehrerin! Ich sollte Shirly hier als Lehrerin einen Ganztagsjob geben! Die weiß, wie Schülerinnen behandelt werden müssen!" Über die folgende Stille freut sie sich noch mehr und ging voller Begeisterung weiter ihres Weges.

In der Sporthalle versuchte Shirly inzwischen einen Reparaturzauber. Beim ersten Versuch verwandelte Anne sich in einen rosa Hamster mit grünen Stielaugen. „Fast perfekt", seufzte Shirly zufrieden. „Ich glaube, wir lassen das nun lieber so. Noch ähnlicher kriegen wir es nicht mehr hin."

Ärgerlich fiepste das arme Mädchen. Niemand achtete auf die Schulkatze, die sich leise anschlich. Futter! Zum großen Leid der armen Katze verwandelte sich Anne nach dem zweiten Versuch zurück. Zum Glück hatte die Katze den Hamster noch nicht verschluckt. Sonst hätte es jetzt große Probleme gegeben.

Klar, wie Menschenbrühe

Tage später rannte der Troll schreiend aus der Küche. Die herbeigeeilten Lehrerinnen und Schülerinnen entdeckten die arme Tusnelda, die in einem Topf kochte. Wieder schlug ein besonders fieser Mörder zu. Es entstand ein riesiges Chaos, voller kreischender und weinender Mädchen. Eventuelle Spuren des Täters gingen in dem Trubel völlig unter. Wer tötete wohl die arme Tusnelda? Sie gehörte zu den beliebtesten Schülerinnen. Aber vielleicht lag hier das Motiv: Neid! Unsere beiden Heldinnen starteten sofort die Ermittlungen, befragten alle Anwesenden. Sagte Tusnelda in letzter Zeit irgendwas Besonderes? Fiel den anderen Mädchen ein seltsames Ereignis auf? Errötende Mädchen antworteten mit vielen „Ähms" und „Öhs" ohne groß weiterzuhelfen. Die Detektivinnen beschlossen, in der Nacht die Schulküche genauer zu untersuchen. Denn hier ereigneten sich schon einige Morde. Die Vermutung lag nahe, dass es einen versteckten Geheimeingang gab oder einen getarnten Nebenraum. Irgendwo musste ja schließlich das Böse immer wieder hereinkommen.

Nachts

In der Nacht schlichen die beiden verlegen kichernd und voller Grusel schaudernd Richtung Küche. Im Dunkeln sich zurechtzufinden stellten die Mädchen sich leichter vor, als es dann tatsächlich war. Doch irgendwann fanden unsere Heldinnen die Küche, indem sie einfach dem üblen Geruch nachgingen.

„Was jetzt?", fragte zitternd die arme Ninvy.

„Wir klopfen die Wände ab!", schlug Fannile vor.

Tap, tap, tap!, so ging es lange. Doch nichts hörte sich verdächtig an.

„Mir tun schon die Finger weh", jammerte Ninvy.

Fannile, wie alle Hexen, zeigte wenig Mitleid. „Lady Ninvy! Zeige Dich Deines Titels wert! Und vor allem zeige Dich als Tochter Deiner Mutter! Die hat sich garantiert noch nie so angestellt!"

Leise schniefend klopfte das arme Geschöpf weiterhin ängstlich die Wände ab. Nichts!

„Nun, dann müssen wir eben den Boden absuchen. Irgendwo muss ein Hohlraum sein."

Wenig schmeichelhaft dachte ihre Freundin: *„Der einzige Hohlraum ist Deinem Kopf."* Doch in diesen Moment klang der Boden beim Klopfen hohl. Sie hatten das Versteck gefunden.

Schlechte Planung

Bis zu diesem Augenblick ging alles nach Plan. Knirschend öffneten die beiden die Bodenplatte. Voller Brandspuren kam aus dem Keller die lebende Leiche der ehemaligen Hausbesitzerin heraus. Eine der bösesten Hexen, die es je gab! In diesem Augenblick fiel den beiden siedend heiß ein, dass die Idee nur zu zweit zu ermitteln nicht klug war. Ihre magischen Kräfte reichten ganz sicherlich nicht gegen diese schreckliche Hexe.

„Mami!", rief Ninvy. Doch ihre Mutter erschien leider nicht. Sie ermittelte wohl gerade weit entfernt in einem anderen Fall. Höhnisch lachend schritt das Böse auf die Mädchen zu. Beide versuchten die wenigen Zauber, die sie bisher in der Schule lernten. Doch alles prallte im wörtlichen Sinn von der alten Hexe ab!

„Ihr alle werdet sterben! Ihr habt es gewagt auf meinem Grund und Boden zu leben!" Hasserfüllt stand das Böse vor ihnen, ein riesiges Fleischermesser in der Hand. „Na? Wer von Euch will zuerst im Suppentopf enden? Vielleicht die zarte Fee? Willst Du mit guten Beispiel vorangehen?"

Der Trick

Womit niemand von den beiden anderen rechnete, geschah. Die schüchterne Ninvy startete einen magischen Zauberstabbanjonettangriff, welchem die Hexe zu Asche zerfallend erlag. Bis zur letzten Sekunde ungläubig starrend.

Auch Fannile fasste es nicht: „Auf unsere Bitte hin gab Shirly allen Schülerinnen heimlich Unterricht im Zauberstabbajonettangriff. Wir alle sind noch blutige Anfänger. Nur Du nicht! Wo hast Du das so gut gelernt?"

Verlegen errötend antwortete Ninvy: „Bei Shirly. Sie gab mir auf ihrem Hof extra Unterricht."

„Wie hast Du es geschafft, den zu bekommen?"

„Weil meine Mutter Banshee seit einem ihrer Abenteuer mit Shirly befreundet ist."

„Und mir hast Du nichts gesagt!", beklagte sich Fannile. „Zum Glück hat uns niemand gehört", meinte Fannile abschließend. „Dass wir in Wirklichkeit statt veganes Essen magischen Nahkampf in der Sporthalle bei Shirly lernen, hätte unsere Eltern entsetzt. Aber Du setzt Dir selber mit Deinem Extraunterricht noch die Krone auf. Nahkampfkönigin Ninvy!"

Wieder endete ein Abenteuer, doch noch viel gefährlichere lauerten auf die beiden.

Ende der Ermittlungen

Liebe Leser/innen,

für heute enden die spannenden Abenteuer. Da sich aber dort in der Gegend laufend Neues ereignet, wird die Reihe bald fortgesetzt.

Bis dahin alles Gute!

Ihr Ralf Neubohn

Über den Autor Ralf Neubohn:

Ralf Neubohn hat bereits zahlreiche Bücher geschrieben bzw. herausgegeben und ist einem breiten Publikum durch regelmäßige Lesungen bekannt.

Er hat auch einen Literaturpreis gestiftet. Den „Neuen Literaturpreis Remstal".

Neubohn schreibt Krimis, Fantasy, Lyrik, heitere Romane und Kurzgeschichten.

Bücher von Ralf Neubohn:

Krimi:

„Mörderisch gut"

„Die Gartenschau-Morde"

Fantasy Krimi:

„Der geheimnisvolle Tod des Werwolfs"

„Merlin und die mysteriösen Morde auf dem Ponyhof"

„Merlin und der unheimliche Hexenjäger"

„Geheimnisvolle Banshee"

„Merlin, Banshee und der geheimnisvolle Henker"

„Mord beim veganen Lieferservice und Imbiss"

„Banshee und die mysteriösen Schulmädchenmorde"

Tier Krimi:

„Mord auf dem Alpaka- und Lamahof"

Science Fiction Krimi:

„Sam Space"

Lama und Alpaka Reihe:

„Weihnachten mit Alpaka, Lama und der schussligen Hexe"

„Zauberhafte Ferien mit Alpaka und Lama"

„Der magische Hof, der Drache und die schusslige Hexe"

„Magische Stippvisite vom Drachen und der Hexe"

„Hof-Gala für Fee, Einhorn und Kamel"

„Geheimnisvolle Weihnachten mit Hexe, Drache und schüchterner Fee"

„Magische Reisen mit schussliger Hexe und schüchterner Fee"

„Weihnachtszauber im magisch-chaotischen Hofcafé der Hexe"

Alpaka Reihe:

„Die Alpakas vom Nikolaus"

„Der Nikolaus und sein Alpaka auf Tournee"

„Applaus für Alpaka und Osterhase"

„Das Comeback des geheimnisvollen Alpakas"

„Premieren-Abend mit Alpaka und Phönix"

„Halloween, Drache und Alpaka im Scheinwerferlicht"

„Das magische Alpaka und der Drache"

Gedichte

„Hier und Jetzt"

„Frisch gewagt"

Gedichte und Kurzgeschichten

„Die zauberhaften Altbohns"

Bücher mit schwarzen Humor Gedichten

„Die Gartenschau-Morde"

„Tod auf dem Kaktus"

„Neues vom 1. April"

Gartenschau Trilogie

„Flammenfeder live von der Gartenschau"

„Gartenschau Phantasie"

„Herzlich willkommen Gartenschau"

„Galaabend für die Gartenschau"

„Abschiedsvorstellung für die Gartenschau"

„Die Gartenschau-Morde"

„Tod auf dem Kaktus"

„Neues vom 1. April"

„Gartenschau Magie"

„Die Gartenschau im Rampenlicht"

Heiteres aus dem Autorenleben

„Im Tal der Autoren"

„Alle Autoren an Bord"

„Terry ein Schotte in Schwaben"

„Die zauberhaften Altbohns"

Fantasy

„Premieren-Abend mit Alpaka und Phönix"

„Halloween, Drache und Alpaka im Scheinwerferlicht"

„Das magische Alpaka und der Drache"

„Weihnachten mit Alpaka, Lama und der schussligen Hexe"

„Der magische Hof, der Drache und die schusslige Hexe"

„Magische Stippvisite vom Drachen und der Hexe"

„Hof-Gala für Fee, Einhorn und Kamel"

„Geheimnisvolle Weihnachten mit Hexe, Drache und schüchterner Fee"

„Magische Reisen mit schussliger Hexe und schüchterner Fee"

„Weihnachtszauber im magisch-chaotischen Hofcafé der Hexe"

„Der geheimnisvolle Tod des Werwolfs"

„Merlin und die mysteriösen Morde auf dem Ponyhof"

„Merlin und der unheimliche Hexenjäger"

„Geheimnisvolle Banshee"

„Merlin, Banshee und der geheimnisvolle Henker"

„Mord beim veganen Lieferservice und Imbiss"

„Banshee und die mysteriösen Schulmädchenmorde"

Jahresfeste

„Weihnachten mit dem literarischen Kleeblatt"

„Auf der Suche nach dem verlorenen Osterei"

„Weihnachten und Silvester mit Flammenfeder"

„Vorhang auf für Nikolaus, Weihnachten und Ferien"

„Bühne frei für Fasching und Halloween"

„Die Alpakas vom Nikolaus"

„Die Bettsocken vom Weihnachtsmann"

„Silvester und Weihnachtsmarkt geben sich die Ehre"

„Der Nikolaus und sein Alpaka auf Tournee"

„Applaus für Alpaka und Osterhase"

„Halloween, Drache und Alpaka im Scheinwerferlicht"

„Das Comeback des geheimnisvollen Alpakas"

„Weihnachten mit Alpaka, Lama und der schussligen Hexe"

„Geheimnisvolle Weihnachten mit Hexe, Drache und schüchterner Fee"

„Weihnachtszauber im magisch-chaotischen Hofcafé der Hexe"

Nachwort

Liebe Leser,

Sie sind nun an das Ende meines kleinen Büchleins gekommen. Ich hoffe, Sie gut und abwechslungsreich unterhalten zu haben.

Falls Sie beim Lesen auf den Geschmack gekommen sind, so gibt es von mir viele weitere schöne Bücher zum selber Genießen oder als originelles Geschenk für andere. Etwa zu Ostern, Weihnachten und Geburtstagen.

Mit freundlichen Grüßen und hoffentlich bis bald!

Ihr Ralf Neubohn

Banshee versetzt alle in Angst und Schrecken. Doch ist sie wirklich so böse, wie alle glauben? Bei verschiedenen dramatischen Ereignissen zeigt sie sehr unterschiedliche Gesichter von sich. Aber welches ist das richtige? Gibt es das überhaupt? Oder gehört sie zu den magischen Wesen, für die ganz eigene Regeln gelten?

Äußerst bizarre Morde ereignen sich bei einem veganen Lieferservice. Ein Mitarbeiter nach dem anderen stirbt auf höchst ungewöhnliche Weise. Können die vegane Elfe und Merlin diesen sehr seltsamen Fall lösen, oder stoßen sie dabei an ihre Grenzen? Dieser 6. Fall ist einer der schwersten, den die Elfe jemals lösen musste. Zumal es auch noch zu einer grauenvollen Verschwörung des Bösen kommt.

Nicolas Lange schließt dieses Buch mit einer seiner originellen Geschichten ab. Sie dürfen darauf gespannt sein!

Zeitfracht Medien GmbH
Ferdinand-Jühlke-Straße 7
99095 Erfurt, Deutschland
produktsicherheit@kolibri360.de